KB272456

사랑이 빈 자리

소정 민문자 시집

사랑이 빈 자리

부부 함께 생활하던 날이 얼마나
소중하고 아름다웠던지 뒤늦게 알았다
이제 적막하고 쓸쓸한 시간 홀로 견딘다

노처녀 노총각으로 만나서
55년 함께한 세월 추억의 시간
그리운 추억만 먹고 살아야 하네

소중한 사람 잃고 보니 알겠다
인생은 긴 것 같으면서도 짧다
세상 사람들아, 있을 때 잘해!

(2026. 2. 15.)

차례

3부 가을

1부

봄

봄꽃 1

이번 겨울은 유난히 눈이 많이 내리네
오늘도 서창 밖 동산에는 하얀 눈이 내리고
유리창 안 베란다에는 봄꽃이 활짝
지난가을 아포 문촌 선생 친구에게 선물로 받은
베고니아꽃 붉게 두 손으로 반갑다 소리치는 듯
문촌 동창회로 김천 아포 여행하던 추억이 떠오르네

10여 년 전에 이사 온 시클라멘꽃은 검붉은 미소로
봄이 왔다고 이정석 시인의 얼굴을 떠오르게 하고
문촌 선생이 좋아하는 16년 된 산천보세 한란은
작은 물방울 은구슬 달고 향기로운 꽃향기 풍기네
잎 싱싱하고 풍성하던 자태 사라지고 누렇게 뜬 너
인생 팔십 훌쩍 넘은 우리 부부 몰골을 보는 듯…

(2025. 2. 12.)

봄꽃 2

베고니아는 지치지 않고 계속 꽃을 피워대는구나
가을 겨울 봄까지 피고 지고 계속 예쁨을 유지하네
3년 전 단양 문학기행에서 곽하린 시인으로로부터
선물 받은 제라늄은 올해도 그 모습 고혹적인 자태

고 해청 손경식 서예가 애정으로 잘 길러보라고 주신
군자란은 해마다 열여섯 해 계속 사랑꽃을 피웠다
스승은 가셨어도 내 집 거실에 걸린 족자와 군자란이
인연의 끈을 늘여 해청갤러리 옛적 묵향을 불러오네

지난해 늦가을에 아포 문촌 친구로부터 선물 받은 백량
금은
겨우내 녹색 잎에 구슬 같은 빨간 열매를 매달고 있다
창밖 풍경은 벚꽃 지기 시작 잡목들 연둣빛 잎새
피우고
라일락 꽃향기도 솔솔 날아오기 시작하는 봄의 허리춤
이네!

(2025. 4. 18.)

3·1절은 만세 day

기미년 1919년 3월 1일은 손병희를 비롯한
민족대표 33인이 탑골 공원에서 일제로부터 해방하자는
독립선언서를 한용운이 낭독하고 대한독립 만세를
외쳤지

2025년 3월 1일 오늘은 106년 만에 전국 방방곡곡에서
자유 대한민국 수호, 윤석열 대통령 탄핵 반대를 외치러
어린 학생과 20대 30대 포함 전 국민이 광화문광장으로
모여드네

자유대한민국의 체제가 붕괴할 위험성이 목전에 다다라
종북세력 척결을 기치로 태극기와 성조기를 높이 들고
구름떼처럼 모여드는 애국자들이여!

1950년 6월 25일 김일성의 남침으로 잿더미가 된 조국
짧은 기간 세계가 놀라는 한강의 기적으로 선진국이
된 나라
어찌 이 장한 우리나라를 또다시 짓밟히게 하겠느냐?

자유 대한민국을 사랑하는 국민들이여!

김정일 북한 정권에 동조하는 종북세력 단호히 물리치자

오늘은 또 하나의 자랑스러운 역사를 쌓는 날이오이다

안부

너무 빠르게 변해가는 세상에서
세월이 물 같이 흐른다는 말 실감
인연 깊은 분들 안부가 궁금하다

전화를 들었다 놓았다 망설이다
그 특유의 음성을 기대하며
꾹 눌러 보았다 신호음만 계속

실망하기 일보 직전에 반가운 음성
아, 회춘하셨구나! 건강하신 목소리
고맙습니다 이 봄 양기를 흠뻑 받으소서

(2024. 4. 16.)

탑동 댁의 홍어회

계절은 3월 봄이다
아직도 을씨년스러운 써늘한 냉기에 가장은
오랜 병고에 감기까지 겹쳐 밥맛을 잃고
식사를 제대로 못 해 아낙은 발만 동동 굴렸네

퍼뜩 솜씨 좋은 탑동 댁의 홍어회 생각이 났다
즉시 전화를 걸어 주문했지
맛깔스러운 홍어회와 해물전을 밥상에 올리니
두 숟갈도 못 비우던 분이 밥 한 공기 뚝딱!

탑동 댁! 고맙습니다

(2025. 3. 15.)

西窓으로 바라본 四季

계절의 변화는 제일 먼저 내 집 서창西窓이 보여주더라
매봉산 자락의 숲속 18층 아파트 그 중간 허리층 내 집
개나리 진달래 목련화 벚꽃 자랑자랑 라일락 향기 상
큼하지

이른 여름날 새벽은 병아리 소리에 눈이 떠지지
삐악삐악 웬 병아리 소리? 이름 모를 잡새 새끼 소
리였어
오월엔 창문 열면 아카시아꽃 향기 그윽해 코는 저절로
벌룸벌룸
온 산자락 녹색으로 물들고 더위가 기승을 부리면
약수터 오가는 오솔길엔 노란 애기똥풀 천지
큰 후박나무숲 하얀 후박꽃 여기저기서 방긋방긋

그 푸르던 녹색 숲속이 알록달록 곱게 물들고
노란 은행잎도 떨어져 바람에 이리저리 뒹굴고
까치 소리 깍깍 요란하면 스산한 가을이더라
온갖 잡목 모두 나목이 되면 쓸쓸한 겨울
밤새 함박눈 펑펑 내린 날엔 온통 설국
하얀 눈옷 입은 나뭇가지들 오히려 포근해 보였소

산자락 앙상하던 나뭇가지 새 풀 옷에 따스한 햇
빛 반사
西窓으로 바라보는 풍경 맛에 살맛이 난다고 할까요
시골스럽게 풍치 좋은 곳 그래도 주소는 서울 시내라오

(2025. 4. 18.)

꽃구름

오늘은 거리의 가로수마다
꽃구름으로 벚꽃이 만개하여
우리들 가슴 가슴을 부풀려 놓았네

벚꽃은 어디 가나 구경할 수 있지
서울은 여의도 윤중로와 길게 뻗은
서부간선도로가 제일 아름답지

신촌역 부근 연세로 명물거리
세브란스 정문 앞 정원수에도
하얀 꽃구름 뭉게뭉게

병원문 들어서는 환자에게도
마음 환하게 위안을 주네

(2024. 4. 4.)

라일락 꽃향기

아! 향긋한 냄새
해마다 이맘때면 그윽한 향기
우리 아파트 싱그럽게 해주는 나무
정문과 후문에 서서 활짝 웃는다

대학생 외손녀가 태어나던 날도
이렇게 좋은 향기를 뿜어내더니 그녀는
꽃처럼 앙증스럽게 예쁘게 잘 자랐다
미스 킴 라일락 화관을 씌워주고 싶네

(2025. 4. 8.)

데이지꽃

지난 3월 30일 문학기행에
멀리 단양에 사는 후배 시인이
가지고 온 어린 데이지꽃 40화분
참석자 모두에게 한 분씩 나누어 주었네

욕심 많은 나는 화분 둘을 가져왔지
앙증스러운 하얀 꽃 빨간 꽃 데이지
하루 이틀 깜빡하고 물을 안 주었더니
빨간 데이지꽃 축 어깨를 늘어뜨렸네

깜짝 놀라 좀 더 큰 화분에 옮겨심고
물을 푹 주어 살아나라 기도하였네
오늘 아침 일찍 일어나 보니 기도발대로
언제 그랬더냐는 듯 꽃과 줄기 모두 싱싱하네

(2024. 4. 6.)

꽃자리

4월은 1년 중 가장 살기 좋은 계절
동창을 열면 하얀 목련화 자색 목련화 활짝
서창을 열면 벚꽃 뭉게뭉게 그리고 나목들
눈 튼 연둣빛 잎새 뾰족뾰족 자라고 있네

사시사철 변화하는 초목들 바라보노라면
이 자리가 얼마나 좋은 자리인가?
거실에 앉아서도 기대하는 머지않은 날
라일락 향기 아카시아 향기도 코끝에 스치리

(2024. 4. 7.)

벗

우리 문촌 선생 심사가 어지럽겠다
어제는 경기공업 동창들 아홉 명이 만났다고 한다
오늘은 서강 STEP 4기 모임이 있는 날
어제는 신장 투석하느라, 오늘은 보행이 불편해서
함께 어울리지 못하고 보내온 사진만 감상

주요 인물들만 모였네, 문촌 선생은 끼지도 못했네!
소정한테나 찬밥이지, 미리 연락을 주고받았다네!
오늘은 지팡이에 의지한 모습 보이기가 싫었나 보다
6·25 전쟁으로 고생고생하면서 살아온 세대
지금까지 건강하게 달려온 그분들 참 자랑스럽겠다!

(2024. 4. 12.)

부부의 날

오월은 참 좋은 달이다
푸른 하늘 아래 온갖 꽃과 새가
활짝 웃고 노래하며 춤추는 달

어린이날 어버이날 스승의 날
둘이 하나가 된다는
의미의 부부의 날이라네

엊그제 고향의 구순 동갑내기
오라버니 부부 노익장을 과시하며 상경하여
외손녀 결혼식에 참석하는 것을 보았네

우리 부부도 오라버니처럼
구순까지 동행할 수 있을까?
반세기 넘는 세월 손잡고 잘 왔지

(2024. 5. 21.)

2부

여름

생일 전복죽

가장이 병원에 입원 중이라
간병하다가 아들딸에게 맡기고
오늘은 집에서 혼자 쉬는 중이다
날짜 가는 줄도 몰랐는데
오늘은 소정 생일이라고 엊그제부터
동생들과 외사촌 언니 육촌 오라버님이 돈을 송금

오늘 점심때는 택배로 전복죽이 배달되었다
누가 보냈는지 한참 몰라
보낸 업체로 여러 번 전화해도 받지 않아 답답
겨우 저녁때서야 알아냈다
얼핏 떠오르지 않다가 아!
지방에서 판사로 근무하는 이질녀로구나
이모 생일이라고 보낸 모양이다

고맙다는 인사가 늦었다
그것도 동생을 통해서
가장이 부재중이니 혼자서
아침에는 엊그제 끓여놓은 미역국을
점심은 먹던 호두과자 몇 알과 참외 한 조각
저녁에야 멀리서 보내온

코시롱 제주 전복죽을 혼자 먹는다

(2025. 6. 7.)

양력 생일

양력 생일이 호적에 올라 있으니 오늘은 여기저기서
생일 축하한다고 서른 명 가까이 메시지를 보내왔네요
뜻밖에 올해는 생일을 양력 음력 두 번이나 맞이했어요
여러 사람에게 사랑받고 있다고 생각하니 행복합니다

어릴 때는 모심기 보리 벨 때 생일이 닿았는데 어머니는
'넘어지지 말고, 잘 자라라'라고 수수팥떡을 해주셨지
노을 꽃 된 오늘 아침은 쇠고기미역국과 나박김치에
조기구이와 김으로 한 상 차려 둘이서 잘 먹었어요

4월 22일 반려자가 혼수상태로 중환자실에 입원해서
두 달 가까이 병원 신세 지다 겨우 정신이 돌아와
전동침대와 휠체어 이용하는 장애인이 되었지만
혼자가 아니고 겸상 생일상이니 얼마나 다행이오

부부는 평생 좋은 일이나 나쁜 일이나 동행하는 동반자
비록 이 모양새라도 온 마음으로 축하해 주시니 고
맙소!
구십 수는 해주시오! 그래야 5년밖에 안 남았네요
인생 팔십 수는 90점 구십 수는 100점이라네요

서산에 붉은 노을이 어서 오라고 손짓하여도
보람차고 행복했던 젊은 날을 뒤돌아보며
우리 부부와 인연 깊었던 분들 모두에게
고마웠다고 인사 한마디는 하고 떠나고 싶어요

(2025. 7. 2.)

너무 늦은 만남

여린 국화 한 송이
모판에서 여기까지 오기도 힘들었는데
소담한 한 송이 붉은 국화꽃을 피우기 위해서
흰서리 내리는 늦가을까지는 얼마나
신기루 같은 세상이 나타나려나 궁금하겠지요

이제는 물러서야 할 시부모媤父母 세대
세상을 틀어쥐고 호기를 부릴 세대에게
자리를 내어줄 준비는 되었겠다
체념 반 기대 반의 시선으로 바라보니
모두 흡족하더이다, 푸근하더이다

하늘의 뜻일까? 악마의 장난일까?
저렇게 아름다운 수꽃과 암꽃 두 송이 국화꽃
진즉 만났더라면
싱그런 봄 향기도 맡을 수 있었을 텐데
그 세찬 비바람 뚫고 건너오게 하다니

하늘도 무심 타 어이 원망치 않으리오
장하다 여기까지 당도하느라 애썼다
잡풀과도 잘 어울리는 국화야

인고의 세월을 거쳐야 제대로 꽃을 피우리니
이제 몸은 성치 않으나 마음으로 응원하리라

(2024. 8. 24.)

세월歲月

흘러온 긴 시간 20년
나도 처음엔 싱그럽고 이뻤다
옛날 사진을 보니 알겠다

엊그제 문학기행에서 찍은 사진
어느새 할머니가 되었구나
세월에 늙은 것인가, 익은 것인가

열네 권의 인생 기록이 있으니
그 세월에 늙기만 한 것은 아니겠지?
팔봉산에 이르느라 애썼다

(2024. 6. 2.)

만남

우리는 세상에 태어나
수많은 사람을 만난다
팔십일억 명 세계인구 중
한국은 오천일백만 명

이렇게 많은 사람 중에
서로서로 만날 수 있는
사람은 무슨 인연일까?
생각해 보면 신비로운 일

어릴 때 만남은 또래끼리였지
유치원에서, 학교에서 만났어
사회에서는 동종 업종에 따라
취미와 특기에 따라 만났지

엄숙한 인생길 최선을 다하려면
공부하는 마음 놓치지 않아야지
팔봉산에서도 식지 않는 열정에
자식 같은 멋진 친구를 만났네!

(2024. 7. 29.)

애국심의 행방

애국심이란 나라를 사랑하는 마음
나라를 사랑하는 마음은 어찌 표현되나?
국경일이면 태극기 게양하기가
제일 쉬운 일이지

우리 젊은 날에는 국경일이면
가정마다 거리마다 태극기 물결이었지
그런데 부자나라 선진국이 되었다는데
요즈음 국민의 애국심은 어디로 도망갔을까?

국경일에 태극기 게양하는 가정이 드물다
209세대인 우리 아파트 주민들도 마찬가지
혹시 태극기 구하기가 어려워 그런가 싶어
부자도 아닌 내가 태극기를 제공하기로 했다

궁여지책으로 수년 전부터 국경일이 다가오면
10본, 16본씩 구입해서 경비실 앞에 세워놓고
"필요한 분 가져가세요" 했지요
현재 누계 169본을 제공했지만 별무소득

베란다에 깃대 꽂이가 없다는 핑계

'구청에서 내년 예산에 꽃이를 넣는다'라는 소식
기다려 보자고 하네, 굳이 구청 신세를 져야 하나?
이런 국민을 위해 애쓰는 위정자들이 불쌍하도다

(2024. 7. 31.)

태극기 사랑

오늘은 나라를 되찾은 기쁜 날
광복절 태극기를 게양하는 날
국경일이면 거리마다 집집마다
아름다운 태극기 물결이 일면
우리들 마음이 저절로 경건했었지

언젠가부터 인가 국경일이 되어도
태극기 물결이 사라지고
사람들 마음이 이상하게 변해갔다
애국하는 마음이 엷어져 가는가 보다
내가 할 수 있는 일이 무얼까?

우선 우리 집 태극기부터 새 옷으로 갈아입자
그리고 우리 아파트 209세대만이라도
국경일에 집집마다 태극기를 게양하면
은연중에 자라나는 어린이의 애국심도 자라겠지
이날을 위해서 나는 무엇을 했던가

2021년 3·1절은 하루 전날 새로 구입한
태극기를 게양하고 결심을 새로이 했지
국경일이 다가오면 10본 16본씩 3년 5개월

2021년 3·1절부터 2024년 8·15 국경일까지
173본 1,298,200원 태극기 구입비가 들었네

이제 집집마다 태극기가 없는 집은 없겠다
국경일 며칠 전부터 태극기 필요한 사람
관리실 앞에 자유로이 가져갈 수 있게 비치했는데
5본이나 남아있으니 내 마음도 다소 가벼워졌다
그런데 과연 광복절인 오늘 몇 집이나 게양할까?

(2025. 8. 15.)

구마루의 꿈

10여 년 전 구로의 산마루
문학의 집이 개관되자
첫 번째 강사로 2년간 102강
'스피치와 시낭송' 강의를 했지

그곳에서 만난 아름다운 님들과
얼마나 열심히 공부를 했던가
봄 여름 가을 겨울 계절에 맞는 시낭송
하하 호호 구마루 젊은 추억들

그 주인공들이 늙어 이제 하나 둘
요양병원에 누워 가슴 아프게 하네
구마루는 아름다운 공원옷 입었는데
그대들 모두 어디에 숨었나

모여라 우리 한번 질펀하게 놀아보자
천상의 목소리 노래와 시낭송
청출어람 된 그대들 자랑스러워라
병마도 거뜬히 물리치고 일어서리

제1회 구마루 갖절공원 시낭송회

2024년 8월 10일 18:00~20:00
첫 번째 시낭송회 기대가 크다

구마루 낭송회

구로구 매봉산 자락 경치 좋은 잣절공원
능수버들 한들한들 수련 방끗방끗
쫼쫼 흐르는 수도꼭지 청정 약수 생명수
물 한 모금 마시면 상쾌한 물맛 최고지

언제나 공동화장실도 완전 깨끗하지
그네와 각종 운동기구도 잘 갖추어 진 공원
구로의 산마루 구마루공원이라면 좋겠다
이 좋은 이름으로 바꾸면 어떨까?

구마루 무지개가 해마다 습지공원에서
한여름의 더위도 식혀 줄 시낭송회를 열어보자
잣절지구 습지공원 무대를 사용하면 되겠다
한 여름밤의 낭만적인 시낭송회를 열어보자

어둠이 내리면 가로등 불빛 번쩍
노란 불빛 파란 불빛 환상적
개구리 여기저기서 왁자하게 울고
산그림자도 내려와 운치를 더해주는 곳

저녁 산책 나온 사람들 귀가 즐거울

한여름 밤의 꿈 구마루 무지개의 시낭송회
구로구에서 제일 아름다운 장소 잣절공원
2024. 8. 10. 토요일 18:00~20:00

잣절공원

잣절공원이라, 옛날에는 절터였던가?
절의 흔적도 없던 약수터 아래
다섯이나 층층이 미나리꽝이더니
능수버들 수련 연꽃 부들 부레옥잠 등
수생식물로 습지 공원으로 개발되었지

좔좔 흐르는 수도꼭지 청정 약수 생명수
물 한 모금 마시면 상쾌한 물맛 최고지
저녁 식사 후 산책에 나서면 어둑어둑
습지 공원 나무다리 건널 때 불빛 번쩍!
가로등 점등과 동시에 퍼지는 소리 개굴개굴

남녀노소 산책하다 그네도 타고 운동도 한다
한쪽에선 밤낮없이 뿜어 올리는 분수 소리 높다
잣절공원 운치 있게 늘어선 능수버들 한들한들
연꽃과 온갖 물풀들 실바람에 향긋한 풀냄새 풀풀
한여름 밤의 낭만으로 시낭송회를 열면 참 좋겠다

(2024. 6. 6.)

제2회 구마루 시낭송회

올해도 지난해에 이어 잣절공원에서
8월 마지막 날 시낭송회를 멋지게 열었다
지난해처럼 구로구청에서 공원 사용 허가받고
프로그램을 예쁘게 만들고 개봉중학교에서
의자 42개, 탁자 2개, 태극기를 빌렸지

개봉1동에 애국가가 울려 퍼지고
아름다운 음악과 함께 저마다 다른
특기를 뽐내며 노래와 시낭송 하는 모습들
멀리서도 달려와 봉사하는 젊은 시인들
해마다 이어갈 구마루 시낭송회가 자랑스럽다

3부

가을

가을

가을은 선선하고 신선하다
여기저기서 오라고 손짓하네
울긋불긋한 가을

새벽부터 어둠이 내릴 때까지
이곳저곳 경치 따라 물드는 마음 풍선
가을은 나들이 계절

셋째 아기 탄생

새아기 탄생 축하합니다
이웃 마을에 셋째 아기 탄생
그 어머니 위대합니다
그녀는 남북사랑학교 교감선생님

반가워서 미역을 선물로 보냅니다
고흥 앞바다 쑥섬 햇미역입니다
아기와 엄마 모두 건강하세요
요즈음 세상에 큰일 하셨어요

(2025. 10. 22.)

9월 보름날에

9월은 가을인데
아직 8월 더위가 물러갈 기미가 없이
더위가 기승이다
땀을 주체 못하는 나
다가오는 추석이라고 청소하느라 땀 뻘뻘!

며느리가 갈비찜을 정성스레 해 와서
처음으로 함께 식사했다
온갖 정성을 다해서 가져온 갈비찜
고추 양념이 과했나
얼얼하게 맵다고 시아비가 투정 아닌 투정

때늦은 신부로 와서
때늦은 시집살이
그래도 어려운지
여자라는 이유로
신부가 설거지를 깨끗이 다 해놓았다

시아비 좋아하는 사탕과 홍삼세트
시어미 몸보신하라고 경옥고를
챙겨오는 걸 보니

그래도 시집이라고 긴장이 되는 모양
시어미 노릇도 잘해야 할 텐데…

(2024. 9. 15.)

햅쌀밥과 홍어무침

유난히 더위가 심했던 여름 지나고
어느새 선선한 한가위가 다가오네요

오랜 세월 신장 투석하던 가장
갑자기 혼절해서 가족 모두 혼비백산
제 아비 살려내느라 애쓴 아들딸
그 정성 고마워서 생각해 낸 선물

추석도 오니 햅쌀이 좋겠다 싶어
가장의 고향 철원 조카님께 전화했지요
곧바로 택배로 온 철원 오대쌀
탑동 댁의 맛난 홍어 무침도 주문

자식들에게 햅쌀 10kg과 홍어 무침 2kg 안겨주었지요
저승까지 갔다가 살아서 나온 중환자도 이제
밥맛도 되살아나 하루가 다르게 건강 회복되겠지요?
오늘 햅쌀밥과 홍어 무침 참 맛 좋았어요

나를 사랑하는 만큼 반려자도 사랑해요
어렵던 시절 만나서 인생길 나침반 되어
55년 여기까지 이끌고 와주어 고마워요

이젠 내가 동반자 지팡이가 되고 있어요

(2025. 10. 2.)

가족

아비의 84회 생일, 모두 열 명
이제 비로소 아귀가 딱 맞았다

아홉 수로 짝이 안 맞아
어미 마음 늘 짠했었지

이제 완전한 가족 카톡방 되었네
늘 화락한 대화 오고 가기를…

(2024. 10. 10.)

문촌 생일 축하

지난 사월 저승 문턱까지 갔다가 되돌아와서
오곡백과 풍성한 구월 초여드렛날 맞이했으니
문촌 선생 생일날이 올해는 더욱 뜻깊다

엊그제 일요일 저녁은 삼 남매 자식들과
생일 케이크에 촛불 켜놓고 생일 노래 부르고
맛난 저녁 식사와 티타임까지 가졌었지

며느리가 정성으로 만들어 보낸 잡채와 불고기에
햅쌀밥과 맛난 미역국으로 아침상 차려놓고
생일날인 오늘은 둘만 묵은 술로 건배했네

조국 독립과 6·25 전쟁과 가난했던 질곡의 생활
그 변화무쌍한 세월 한가운데를 무사히 통과
55년 함께 동고동락한 우리 부부 자랑스럽다

인생 끝자락에서 휠체어를 밀며 간병했는데
보행기로 걸음마를 시작한 지 이제 열흘이 지났네
새해에는 지팡이에 의지, 걸을 수 있도록 해보자

(2025. 10. 28.)

고성 통일전망대에서

길게 늘어진 금강산 자락 해금강
통일 전망대에서 바라다보이는 작은 섬
저곳이 2008년 박왕자 씨가 금강산 관광 도중
북한군인 총탄에 희생된 곳이라 했다
통제선 넘는 줄도 모르고 넘어섰을 것이다

남북한 분단의 아픔은 언제 종식되려나
올여름에는 압록강 유역에 대홍수가 났다지
무너질 듯 무너질 듯 무너지지 않는 공산정권
자유를 찾아온 탈북민 삼만 사천 명 시대에
우리 이웃의 탈북민 얼마나 애가 타고 있을까?

어언 분단 74년을 넘어서서
통일을 위한 시인의 역할을 찾아서
오늘 여기에 서서 북한 땅을 바라보노라
선진국으로 대접받는 자랑스러운 대한민국
자유 없는 북한 땅 해방할 날 언제가 될까?

(2024. 9. 27.)

낙엽을 밟으며

손수레에 담긴 2리터들이 플라스틱
빈 물병 여섯 싣고 아침 일찍 산책 겸
시월의 마지막 날 먹는 물 길러간다

매봉산 자락길에 이리저리 흩어진
낙엽을 밟고 부지런히 걸어가는 군상들
나처럼 늙수그레한 아낙네들이 대부분

어쩌다 보이는 남정네들도 그 모습 엇비슷
모두 낙엽 인생 안되려고 안간힘 쓰나 보다
운동기구에 매달리는 모습들이 참 애처롭다

청정한 약수를 가득 채워 끌고 오는 이 몸도
얼마나 장수하려고 손쉬운 수돗물을 마다하고
힘겹게 비탈길을 오르내리는지 자문해 본다

(2024. 10. 31.)

공짜는 없다

어제 북서울꿈의숲 아트센터에서 알포엠
민경자 시인의 콘서트 관람 후 귀가 중
저녁 일곱 시 반쯤 지하철 개봉역에 도착
야채과일가게 앞을 지나자
가게 문을 닫기 시작하던 분이
"이것 공짜로 가져가세요"
어리둥절하면서 그를 쳐다보니
"이 열무 다 담아줄 것이니 그냥 가져가세요"

얼결에 '웬 공짜?' 하면서 받아들었지
부피도 있고 꽤 무거워 택시를 부르려니 안 잡히고
마을버스가 먼저 와서 버스에 탑승 후 떠오른 생각
참 이상도 하다 이런 공짜가 생기다니
평소 나의 바른생활에 하늘의 선물인가?
종점에서 집까지는 7분 걸리는데 난감했다
평소 잘 아는 정육점에 맡기고 집으로 와서
손수레를 끌고 되돌아가 맡긴 짐을 찾아왔다

와서 끌러 보니 하루만 더 지나면
쓰레기 신세가 될 누렇게 뜬 열무 넉 단
가장의 저녁 식사를 보살피고 열무를 다듬기 시작

내가 왜 이것을 받아 들고 왔을까?
평소에 '세상에 공짜는 없다'라는 의식이 투철했는데
자정을 지나 새로 한 시 넘은 시각에야
우거지 시래기와 열무김치 거리를 마련해
삶고 소금에 절여 놓은 후에야 취침할 수 있었다

덕분에 아침 식사는 오랜만에 시래기 된장국으로 하고
일상이 바쁜데 틈을 내어 시장에 가서 양념거리를
사 와서 빨간 고추를 갈아서 열무김치를 담갔네
냉동된 우거지와 함께 한동안 반찬 걱정은 덜 하겠지
팔순 고개를 넘은 신체를 온전히 보전하려면
과욕은 금물임을 다시 실감한 어제오늘이다
그저 공짜로 주어 고맙다고 머리 숙여 인사는 잘했지만
'공짜라고 다 받아 올 것은 아니다'라고 큰 체험을 했네

화분 花盆

우리 집 베란다에는 저마다 다른
크고 작은 화분이 열여섯 개가 있다

모두 우리 집 애경사에 지인들이 보내온
인연 깊은 사연들을 지닌 화분들이다

제일 오래된 것은 가장이 병원에 입원했다고
의사 시인이 보내온 향기로운 병문안 동양란

다음은 2년 전 고인이 되신 스승 해청께서
잘 길러보라고 내 품에 안겨주신 오래된 군자란

제13회 한국현대시 작품상 수상 축하 화분은
구순 넘긴 오라버님이 보내온 고향의 동양란이고

다육식물은 제 세상인 듯 화분이 좁다고 하는데
그 식물 건네준 오문옥 시인 벌써 고인이 되신 지 오래고

나머지는 활발하게 이 세상을 움직이는 지인들이
지난해 소정 詩書畵 서예展에 보내온 축하 화분

매일 마침마다 바라보며 감사 인사 나누는 화분들
내 인생을 아름답게 빛내 주고 동행하는 중이요

(2024. 11. 1.)

별장

오랜만에 가평 산골짜기 북한강가
참 부러운 경치 좋은 전원주택에서 한나절
여유로운 시간을 만끽하고 돌아왔다
얼마나 아름다운 풍경인지 동행인 모두
입을 딱 벌리고 연신 감탄사를 연발했지
오륙 년 전보다 더 잘 가꾸어진 정원 뜰

모두 모두 돈 덩어리 일 덩어리로 보였다
아주 오래전에 남양주시 외곽에 어느 옹주가
살던 곳이라는 장소를 구경했던 기억이 나네
그때 주인장 팔순 노신사의 말씀은
이렇게 소유한 사람보다는 소유자의 친구로
있는 사람이 더 행복하고 좋은 것이라던 말씀

이쪽에서 풀을 뽑고 나면 저쪽에서 자라나는 풀
감당 못 한다는 관리의 어려움을 토로하던 모습
이 댁에도 관리 문제가 보통이 아니겠다 싶다
거실에서 바라본 수려한 북한강 수변 경치가 부러웠지만
정원수 전지에만도 천만 원 가까이 들었다는데

　나무 한 포기 꽃을 땅 한 평 없으나 이런 벗이 있어 행복하네!

(2024. 11. 18.)

4부

겨울

겨울딸기

이번 겨울에도 고향에서 보내온 사과 한 상자
올케 남동생이 여름내 땀 흘린 결실 맛 좋은 과일
사돈 고맙습니다, 고마워요!

땅이 꽁꽁 하얀 눈 내리는 한겨울 따뜻한 실내에서
단감과 곶감 귤과 청포도 밤 대추 사과 배 입맛대로
골라 먹지, 여름에나 볼 수 있던 싱싱한 딸기까지

인간의 영특한 두뇌로 과학의 원리 연구 개발된
수많은 공로자의 열매로 풍요로운 세상을 누리는
우리는 이 얼마나 행복한 세상에 살고 있는가!

옛날 임금님보다 더 잘 먹고 사는 이 시대의 이 행복은
한글 창제로 온 세계에 보급된 농업기술 발전의 결실
우리 한글 최고 우리 기술 최고 품질 좋은 열매로다

(2025. 1. 6.)

호박죽

해마다 동짓달이면 고향에 사는 외사촌 언니는
택배로 쌀과 찹쌀, 엿기름과 호박을 보내주신다
호박은 두통이나 보내와서 하나는 딸에게 주었네

주름 잡힌 할머니 얼굴을 연상케 하는 늙은 호박
거실 탁자에 올려놓고 몇 날 며칠을 바라만 보다가
어머니가 해주시던 추억을 씹으며 찹쌀호박죽을 끓였네

단단한 호박 배를 갈라 호박씨와 껍질을 제거하고
토막 쳐서 푹 삶아 얼개미로 걸러내 찹쌀 넣고 끓인 죽
절반은 아들 손에 들려 보내고 소금으로 간을 해서 먹
었네

며느리에게 전화를 걸어서
"호박죽 간을 안 했으니 소금 쳐 먹어라!"
이 소리를 듣고 남편 가로되

"소금 처먹어라!" "소금 처먹어라?"
호의로 보내준 호박죽, 설마 내 뜻을 오해야 할까?
쉬운 것 같으면서도 어려운 우리 말, 조심조심해야지

2025년 마지막 결혼기념일

어제는 2025년 예수 탄생일
오늘은 우리 부부 결혼기념일
결혼 후 55년의 세월이 흘렀다

건강하게 살았어도 아쉬운데
가장은 그동안 죽을 고비를
여러 번 넘기며 목숨 이어왔다

쓸개 제거 수술 후 그리고 한쪽 폐 일부 절제 수술
그다음 17년의 신장 투석, 심장박동기 삽입 교체 3회
월 화 목 토 주 4회는 어김없이 투석하러 병원에 간다

올해는 혼절하고 보름 만에 기적적으로 깨어나
의식이 돌아와서 식탁에 마주 앉아 식사를
함께할 수 있으니 그래도 얼마나 다행인가?

오랜 세월이 흘렀어도 변치 않은 포도주
수십 년 된 발렌타인 마지막 한 잔을
둘이 나누어 마시며 결혼기념일을 자축했네

기술 발전으로 새로 끼워 둔 심장박동기

기대 수명이 10년, 그래 마지막 세월
후회 없이 정성 들여 잘 살아냅시다

(2025. 12. 26.)

나라사랑문학회 특강

시인으로 등단하고 문학회에 가입해서
나름 많은 선후배와 교류하면서
여러 형태의 모임과 문학기행을 통하여
나의 내면을 성장시켜 온 세월도
강산이 두 번 이상 바뀌었다

오늘은 나라사랑문인협회 신년회에서
박행일 광나루문학회 회장의 특강
현대문학의 흐름에 대한 설명을 들었다
1920년대 서정시 1930년대 순수시
1940년대 모더니즘 2000년대 포스트모더니즘

국문학을 공부하던 옛날 기억이 떠오른다
현대시의 변화과정 소월의 〈진달래꽃〉 서정시
김광균의 〈추일서정〉은 회화성 주지시
〈목마와 숙녀〉를 쓴 박인환은 모더니즘 대표 시인
2024년 한강의 소설 『채식주의자』는 포스트모더니즘

새로 추대된 나라사랑문학회 회장은 전병삼 수필가
스스럼없는 첫 만남 고향 까마귀도 반갑다고 했었지

고 민철기 청주 신흥학원 설립자의 딸과 선후배로 지냈던
청주여고 시절의 옛이야기로 스멀스멀 친밀감이 흠뻑
고인의 지혜로운 입지전적인 뒷이야기가 흥미진진했다

(2026. 2. 5.)

아주버님 米壽

88세 생신을 축하합니다

열네 살 어린 나이로
6·25 전쟁 피난민으로
고생고생하시고
米壽미수에 이르시니

참 장하십니다
어렵게 얻은 행복
더욱 건강하셔서
마음껏 누리소서

아우 부부 소망입니다

(2024. 12. 20.)

홍일점

1992년 서강대 최고경영자과정에서
가장 문춘이 공부한 인연으로
32년의 세월이 흐른 오늘은
서강 STEP 4기의 송년회였다

보행이 불편한 신장 투석 환자 보호자로 부득이
오로지 홍일점으로 함께 참석할 수밖에
강남의 유명한 레스토랑에서 만난 낯익은 분들께
나의 서예전 도록과 시집을 선물로 증정했네

회사 대표와 임원 의사 장군 모두 참석자는 열 명
세월을 비켜 갈 수는 없었던지 은발의 노신사들을
불청객으로 바라보면서 당당한 주인의식으로 참석할
다음 주 목요일 서강 STEP 10기 모임을 기다린다

불참

우리 문촌 선생 심사가 어지럽겠다
어제는 경기공업 동창들 아홉 명이 만났다고 한다
오늘은 서강 STEP 4기 모임이 있는 날
어제는 신장 투석하느라, 오늘은 보행이 불편해서
함께 어울리지 못하고 보내온 사진만 감상

주요 인물들만 모였네, 문촌 선생은 끼지도 못했네!
미리 연락을 주고받았다면서 섭섭해하는 모습이라니
오늘은 지팡이에 의지한 모습 보이기가 싫었나 보다
6·25 전쟁으로 고생고생하면서 살아온 세대
지금까지 건강하게 달려온 그분들 참 자랑스럽겠다!

(2024. 4. 12.)

꿈과 추억

학행일치學行一致

세상에 태어나 만난 부모와 스승은
나라에 충성하고 부모에 효도하고
형제 우애하며 벗은 신의로 대하라
정직한 마음으로 배운 대로 행동하라 했다

초등학교 졸업식에서 교장 선생님께서 하신 말씀
언제나 금과옥조로 알고 살아간다
'학행일치學行一致 배운 대로 행동하라'
배운 대로 정직하게 살면 세상 무서울 게 없다

(2024. 5. 30.)

물놀이

기계도 오래되면 녹이 슬고 고장이 나는데
우리 인체도 수십 년 되니 고장이 안 날 턱 있나?
남보다 허약하게 태어나서 늦된 몸
여기까지 무탈하게 달려온 것만도 기적이지

지난해 가을까지만 해도 그런대로 건강했는데
어깨와 허리 다리 여러 군데가 고장이 났다
한의원 병원 여기저기 다니며 몸을 보살피는데
수영이 좋다고 해서 가까운 수영장을 수소문했지

이웃 동네의 수영장을 찾은 지 두 달이 되었다
일주일에 3회 버스를 한 번 갈아타고 가는데
가장 노령인 까닭도 있지만 워낙 둔재라
함께 시작한 그룹과 진도를 맞출 수가 없다

물에서 걷기 등 물놀이만 해도 좋다기에
욕심부리지 않고 본인 체력에 맞게
걷기도 하고 스펀지를 잡고 발헤엄
개헤엄 등 열심히 물놀이하고 있다

(2024. 4. 24.)

생성형 AI 시대

늘 배우며 살자
전자혁명 시대에 사는 우리
너무 빨리 변해 가는 세상에
공부하지 않으면 생활이 불편하다

슈퍼마켓 백화점 커피숍이나 식당
어디 가나 키오스크 설치
노인들 주저주저하게 된다
혁명이다 인건비 절약 시간 절약

음악저작권협회 논문공모전 시상식 참가
원탁에 앉고 보니 좌우가 젊은이들
반세기나 차이 나는 세대와 공존하려고
세대 차이 극복하려고 카톡방을 만들었네

날로 변해가는 시대, 공부 많이 해야지
노래 못하는 자신의 목소리를 제공
AI의 힘을 빌려 나의 노래가 나오는 세상
아는 것이 힘이다 늘 공부하면서 살자

도깨비 전성시대

지금은 AI도깨비 시대
몇 년 전만 해도 이런 세상이 올 줄 몰랐다
더구나 내가 가수로 나서다니

가장 부럽고 잘못하던 노래 부르기
나의 시와 노래가 작곡가 AI의 힘을 빌어
대중가요 두 곡이나 유튜브로 내게 돌아왔다

팔봉산 언덕에서 부르는 이 노래
끝내주게 자부심을 높여주네
전자과학이 내 어깨에 별을 달아주었네

우리 시대에 몇 안 되는 별
한국문학방송 작사가, 가수 음악인으로 등록
역시 우리 삶은 계속은 힘이다

(2024. 8. 25.)

자손

인간으로 태어나 누대로 이어서
종족 번식하기 욕심은 당연지사
이 몸도 어릴 때부터 그 욕심을 품었네
자신의 흔적을 세상에 남기는 좋은 방법
옛사람들은 벼슬하고 비문에 새겨놓았지

현대인의 벼슬은 문화예술인 아니겠어?
그래서 시인이란 이름으로 시집을 출간
벼슬한 양 세상에 알리며 자랑질했네
몇백 년 후라도 자손만은 나를 알아주겠지
그러나 옹골찼던 희망은 뚝 끊어졌네

결혼해서 딸 하나 아들 둘을 두었으나
딸은 시집가서 출가외인이 되고
작은아들은 생산 못 한 형님께 바쳐 조카로
하나 남은 내 아들은 오십이 넘어서야
연상녀를 만나 오순도순 깨만 볶고 있네

총각 귀신 면하고 따뜻한 밥 얻어먹고
옆구리에 끼고 다니며 흡족해하는 모습에
어미도 따뜻한 마음으로 성원해 줄 수밖에

손자의 손자 수백 년이 흘러도 내 손자라고
자랑질할 줄 알았던 욕심 그 꿈은 사라졌네!

(2024. 11. 16.)

피난민 아이의 화려한 귀향

6·25 전쟁으로 아버지와 큰형을 잃은 열 살 아이
어머니와 작은형 따라 남으로 남으로 피난 가서
'피난민'이라고 따돌림을 당하면서 피난살이를 했네
학교에 다니며 공부를 많이 하고 싶었지만
부잣집 소나 돌보며 혼자 놀아야 했다
2년 후부터는 키도 크고 담력도 자랐던가
반장이라고 도시락 반을 남겨주기도 했던 친구들
김천 아포 초등학교, 중학교를 우등으로 졸업했다

김천농업고등학교에 합격했을 때 백부님 소식 받고
서울로 상경 고학으로 고등학교 대학교 졸업
건설회사에 입사, 중견 건설회사 경리과장이 된 후
서른 살 노총각으로 결혼해 삼 남매 자식을 두었다
그 후 1980년대 건설회사 대표로 항상 바쁜 중에도
늘 배고플 때 밥 먹여주던 제2 고향을 그리워했었지
마음은 늘 동창들의 애경사에 희로애락 정 나누고
1987년쯤이던가 아포초등학교에 컬러TV도 기증했었네

올해도 단풍 곱게 물드는 만추에 동창회가 열린다는 소식
운전사 아들 며느리 대동하고 옆자리에는 마누라를 태
우고

경부고속도로를 씽씽 달려 국사봉 아래 아포로 달
려갔지
부부 시인이 된 문촌文村과 소정小晶 이야기가 담긴
시집 두 권과 치약을 준비해 가지고 갔었지
살아남아 허옇게 함박웃음 지으며 반기는 늙은 아이들
풍광 좋은 아포 생오리 집에 백발의 동창생 여덟 명
내년에 또 만날 수 있을까요?

(2024. 11. 8.)

오는 정 가는 정

우리 집 같은 통로 꼭대기 18층 아파트에 사는
우리보다 조금 젊은 부부 둘이서
늘 사이좋게 나란히 들고나는 모습이 참 보기 좋다

언제나 우리 부부를 만나면 반갑게
웃는 얼굴로 인사를 하더니 어제 아침에는 칼과 가위
모두 모아서 그 집 현관문 고리에 걸어 놓으란다

가까운 지역사회 봉사단체에서 칼갈이 봉사하는 부부
재작년 그 덕을 톡톡히 보았는데 우리 집 무뎌진
부엌칼과 가위 사정을 어찌 그리 잘 알아챘단 말인가!

저녁 아홉 시 설거지를 마치고 칼 넷과 가위 넷을 넣은
꾸러미와 딸이 보내온 잘 익은 황도 두 개를 싸 들고
꼭대기 18층까지 올라갔었네

해마다 이사 온 날 7월 9일 정오에 이 집에서
계속 잘 살게 해달라고 고사떡을 해 먹는데
내년에는 25주년이 되니까 이 부부에게도
꼭 복더위 한낮에 떡 맛을 보여주리라

열네 권의 저서가 있는 소정의 서책이 출간될 때마다
우리 통로 36가구 우편함에 한 권씩 넣어 증정했더니
아마도 그 소박한 나의 마음이
그 부부에게 좋은 기억으로 남겨져 있나 보다

(2025. 9. 23.)

스승

그날은 2007년 5월 6일 일요일
내 스승님 임보 시인
도선사 앞에서 처음 뵙던 날
큰 스승으로 모시고 걸으며
삼각산 설명을 들었지
인생을 달관하신 듯한 모습
한 차원 높은 어른 모시는 기쁨 컸지
오래오래 만수무강하세요

(2024. 10.)

귀인

나는 오늘 귀인을 만났다
자신이 몸담은 행사에서
옛날에 TV 화면에서만
자주 보던 오페라 테너 성악가

〈목련화〉는 엄정행만 부르는 줄 알았었지
어쩌면 여성성의 미성이었던 목소리보다
형용할 수 없는 중후한 남성성의 매력
그분의 위치와 나와는 너무 멀었다

몇 번을 망설이다 용기를 냈다
앞쪽으로 찾아가 내 마음을 내보였다
나도 모르게 욕심을 내보인 것이다
그분은 거절하지 않고 내 손을 잡아주셨다

그분의 정보를 알아내니 무척 기뻤다
집에 돌아와 여기저기 인터넷을 뒤졌다
마침내 그분의 영혼이 담긴 그릇을 찾았다
신의 목소리와 함께 내 노후는 행복할 것이다

(2025. 12. 5.)

정담情談

오누이 나이 차는 아홉 살이나 된다
내가 4학년 열한 살 때
오라범은 스무 살로 군대에 가 있을 때
휴가 나와 동갑내기 신부를 맞이했다

신부 친정에서 보내온 문안 편지를
신부 구경 온 방 안 가득 앉아 있던
동네 아낙네들에게 큰소리로 읽어주던
추억이 올케에 대한 첫 기억으로 아련하다

구순九旬 오라범은 사범학교를 졸업하고
초등학교 교장으로 정년퇴직 후
수필가 서예가로 활동하면서
고향에서 선산을 지키고 계신다

누이인 나는 교육대학을 졸업하고
잠시 초등학교 교사를 하다 결혼 후
사업하는 남편 내조하다 늦게 문학에 입문
시인입네 수필가입네 서예가입네 하고 있지

그 옛날의 어른과 아이가 아니라

멀리 떨어져 있어도 서로 가깝게
정담을 나누는 육촌 오누이가 되었다
오늘도 정이 듬뿍 담긴 메시지가 왔네

메시지 끝에 매달린 정겨운 서명들
ㅊㅈ에서 ○빠
ＣＪ에서 ~빠

(2024. 5. 22.)

6부

보람꽃

보람꽃

10년이면 강산도 변한다 했지
나에게 시낭송을 공부한 후배
10년 세월 훌쩍 넘으니
아름다운 낭송꽃으로 성장

예술인들의 소망의 무대
카네기홀까지 가서 이름을 걸더니
서울 무대 꿈으로 가는 열차에서
시낭송 보람꽃 피웠네

(2024. 7. 8.)

축사 1

세월이 한 참 흐르고 나니
나의 인생도 곰삭았나?
축사 한마디 해달라는 부탁 심심찮다

그 장소에 그 모임에 잘 맞는
귀한 말 한마디
고심해야 한다

그래도 영광이지
동료 선후배 고맙습니다
여기까지 계속은 힘이었습니다

(2024. 11. 30.)

축사 2

제9회 남북사랑학교 졸업생과 기쁨의 학교 졸업생
오늘 모두 10명이 영광스러운 졸업장을 받는다네
2020년 제3회 남북사랑학교 졸업식부터
해마다 졸업식장에 참석해서 나의 소박한 마음으로
한 단계 높은 곳을 향하는 졸업생을 격려해 왔었지

오늘도 꼭 참석해서 축사해야 했는데
지난 2025년 12월 31일, 나의 반려자께서
85세로 이 세상을 하직하고 천상으로 오르셨기에
현재 49재 상중이며 2월 10일 바로 오늘이
사십구재 칠칠재 중 여섯 번째 불공드리는 날이요

해마다 처럼 정성껏 봉투에 일일이 이름을 적고
축하금과 나의 시서화 도록과 시집과 수필집을
정성으로 포장해서 부득이 나의 뜻을 미리 전했지
나의 작은 정성을 받아준 졸업생이 이제 모두 60명
모두 모두 자랑스럽습니다 졸업을 축하합니다

졸업생 여러분! 여러분에게 세 가지만 당부합니다
첫째 정직하게 삽시다 그러면 언제나 떳떳할 것입니다

둘째 세상에 나가면 나만 못한 사람을 돕는 사람이
됩시다
셋째 '계속은 힘이다' 이 말을 가슴속에 새깁시다
그리하여 언제나 건강하고 이 세상 기쁜 얼굴로 살아갑
시다

2026년 2월 10일
소정 민문자

내 동생

언제나 깔끔한 성격에 멋쟁이로 보이는
열세 살이나 차이 나는 내 막냇동생
태어나 백일이 되기도 전에 잃은 아버지
우리 가족은 늘 아린 손가락으로 바라보았지

그러나 그녀는 다섯 살 어릴 때부터
똑 부러지는 언어로 노래지어 부르는 등
천재성을 나타내며 가족의 우려와 달리
누구보다도 그늘 없이 당당한 숙녀로 성장

뭇 남성들의 눈길을 끌더니 대학 시절
동갑내기 남학생의 큐피드 화살에 꽂혀
대학 졸업과 동시 고교 국어 교사도 잠시, 결혼하고
오랜 세월 주부로서 가정 안의 행복만을 추구해 왔다

나는 그녀의 남다른 지성을 그냥 묵혀둔다는 것이
몹시 안타까워 내가 속해있는 문단으로 이끌었지
마침 존경하는 스승을 만나 15년 세월을 갈고 닦더니
이번에 첫 번째 수필집을 들고 나를 찾아왔네

너무 늦었지만, 국문학을 전공한 문인답게

세계의 저명한 문호들의 언어를 열심히 공부한 흔적
홍시처럼 곰삭은 글을 대하니 자랑스럽다
첫 번째 수필집 출간을 축하한다, 동생아

그래도 부족한 부분은 앞으로 더 공부하고 연구해서
우리 문단의 이정표를 세울 수 있도록
나는 그녀의 일상에 변화를 주는 충고를 한마디 해주었
네!
그래 참 애썼다, 내 동생 자랑스럽다

驪興閔氏 대종회에 참가

2025년 3월 11일 여흥민씨 대종회에 참가하였다
세상 만물 중에 인간으로 태어난 것은 가장 행복한
일이다
그리고 수많은 인간 중에 대한민국 驪興閔門家에 태어난
것이
퍽 자랑스럽고 시대를 잘 만난 것 또한 큰 복이다

조국이 해방되기 전 일제 말기에 태어나
6·25 전쟁과 4·19, 5·16 시대 변혁을 겪고
가난이 무엇인지 알았고 자유로운 세상에서
내가 할 수 있는 일을 찾아 매진할 수 있었다

태어날 때부터 무척 허약한 신체로 태어났으나
강력한 지도자의 리더십과 국가의 보호 아래
88올림픽 이후 급속히 세계화로 발전된 조국의 일원
으로
풍요로운 세상 이 시대에 생존해 있다는 것이 퍽 자랑
스럽다

건강하고 행복하게 살 수 있었던 것은 조국의 발전과
더불어 훌륭한 조상님과 부모님의 DNA를 잘 받았고

　여러 훌륭한 스승님들을 만날 수 있었기 때문이라 생각
한다
　그러므로 훌륭하신 조상님과 부모님과 스승님들께 감
사한다

(2025. 3. 12.)

내가 사랑하는 내 이름

고 이생진 시인은
공자 노자 맹자 장자처럼
얼마나 '자' 자 돌림이 탐났으면
'이생자'라고 하셨을까?

내 이름은 민문자
선친께서 선견지명이 있으셨던가
고 정공채 시인께서는 나의 반려자에게
'문촌'이란 아호를 내려주셨지

문촌文村마을 문장가의 가문[閔]에서
글공부하는[文子]
스승 고 정공채 시인이 내려주신
당호堂號는 예쁜 보석 '소정小晶'

그리고 곧바로 스승님 추천으로
《서울문학》으로 등단한 부부 시인
나는 소정 민문자 小晶 閔文子
내 짝은 문촌 이덕영 文村 李德永

시낭송회와 시서화 전시회도 열고

수필과 시집 도록 등 열다섯 권의 책자와
시 가곡 삼십 편을 내놓은 내 이름 민문자
나 자신과 함께 세상에서 가장 사랑하네

(2025. 9. 28.)

노익장 老益壯

나에게는 고향 남자친구 셋이 있다
60년 전 20세 이쁜 처녀였던 나
대학에 입학하고 보니 120명 중
여학생은 40명 남학생은 80명이었지

나라 전체가 빈곤해서 대부분 대학 진학이
어렵던 시절이라 남학생은 군대를 다녀와서
학비 부담이 적은 교육대학을 택해서였던지
우리 또래보다 4~5세 연상은 보통이고
두 명은 일곱 살이나 더 많아서 아저씨 같았다

세월이 반세기 이상 많이 흐르고 노년에 들자
서로 연락하지 않던 그 아저씨들이 친구로 다가왔다
2년 연상 3년 연상 7년 연상이 이젠 평준화된 벗들
몇 년 전에 개설된 카톡방, 내 남자친구 셋

남보다 열심히 산 교육자 부부 교사 박 교장 89세
고향에서 유유자적 서예 등 취미생활과 사회봉사
몇 년 전 고향을 찾는 나를 조치원까지 자동차로 마
중 나와

　청주 시내로 들어가면서 학창 시절 옛이야기로 꽃을
피웠네

초등학교 교사 중등학교 음악교사 동요작곡가 수필가
2년 연상 친구, 10년간 신장 투석하면서 가장 열심히
우리 카톡방을 빛내 주더니 엊그제 갑작스러운 부고
하느님의 부르심에 승천했다니 그저 먹먹한 심정이네
한국교육자대상 스승상 수상까지 모범생으로 사신
고 류웅렬 장로님 하늘의 영광 담뿍 받으소서

3년 연상 85세 친구는 초등학교 교사 5년
청주대학교 법학사 고려대학교 교육학석사
중고등교사 25년 후 카자흐스탄에서 15년 이상
한국어와 한국문화 전파로 국위선양과 선교 봉사
2월에 다시 출국 현재 또다시 카자흐스탄 알마티에서
60청춘 90회갑이라면서 오늘도 알마티 한국교육원에서
고려인에게 한국어와 한국사 강의하는 모습 보내왔네
자랑스러워라 내 벗들 노익장!

(2025. 4. 8.)

자화상

지지리 못나고 허약한 몸으로 태어나서
동네 어른이나 선생님들로부터 칭찬을 많이 받고 자
랐다
어릴 때부터 남의 시선에 민감한 성격 때문이었을까?
언제나 부모님이나 스승의 말씀에 순종했다

어린 시절부터 가정에서나 학교에서나
나라에 충성하고 조상님과 부모님을 공경하며
형제 우애하고 친구와 사이좋게 지내라는
기본 윤리를 철칙으로 알고 살았다

'배운 대로 행동하라'는 초등학교 졸업식장에서의
교장 선생님 말씀대로 '학행일치學行一致'와
김양호 박사의 '계속은 힘이다'라는 말씀은
늘 내 양심을 가슴에 비추는 좌우명이 되었다

길거리 휴지줍기나 공동화장실에
가득 찬 휴지통 밟아 눌러주기
불쌍한 사람 외면하지 않는 일 등은
늘 내 마음을 아주 편하게 해주었다

어릴 때 누구보다도 허약하던 자신이
노령에 들어서도 건강하고 마음 편히
사회생활을 하면서 사는 것은 모두
조상님과 부모님의 좋은 DNA 덕분이다

그래서 여성으로서는 드물게 매달 열리는
여흥민씨 대종회 운영위원회에 참여한다
조상님과 부모님 아니면 나 자신이 어찌
이렇게 아름다운 세상을 맛볼 수 있었으리

출가외인 할미꽃은 매달 여흥민씨 대종회에서
경건한 자세로 애국가 다음으로 자랑스럽게
숭조崇祖 목종穆宗 육영育英을 외친다

(2025. 4. 15.)

황홀한 인생

자신이 죽기 전에 꼭 해야 할 일
가장 하고 싶은 일이 무엇인가
버킷리스트가 무엇이냐고 한다면
우리 부부 팔봉산을 잘 넘는 것이었어

나는 탄생부터 가누기 힘든 신체
건강하게 세상 살아가는 것이 우선
이 땅에서 일찍 사라지지는 말아야지
다행히 팔봉산을 겨우겨우 넘어섰다

내 인생 희로애락을 뒤돌아보니
배우자 지팡이와 함께 팔봉산을
넘어섰다는 것이 가장 자랑스럽다
반세기 이상 동고동락하며 잘 살아냈다

다행히 나이 들수록 건강해져서
아이들 낳고 배우자와 티격태격
누군가는 우리 부부를 보고 말한다
마치 소꿉놀이하는 것 같다

안녕히 주무셨어요? 음 잘 잤네!

안녕히 주무세요! 먼저 들어가 잡니다
어쩌다 인사 잊는 날은 화를 벌컥
인사도 없어요?

그날그날 일기 쓰듯 기록한 서책書册
부부시집 두 권 수필집 두 권
칼럼집 두 권 자작시집 여덟 권
시서화詩書畵 도록 한 권 모두 열다섯 권이다

너무 늦게 피어나기 시작한 노을꽃
지난해에는 생활문화센터·신도림에서
화려한 서예전을 열었지 마치 천국 같았어
엊그제는 제1회 구마루 잣절공원 시낭송회

대한민국 제일의 소프라노와 테너도 모시고
우리 가곡과 이태리 민요와 시낭송
팬플룻과 색소폰도 즐겁게 연주한
황홀한 잣절공원 밤풍경과 더불어 행복했어요

매봉산 산그림자도 내려와서 박수를 쳤다

(2024. 8. 12.)

인생의 보람

누구나 원하는 우리들의 명제
인간으로 태어나서 인간답게 잘 살자
출발 선상은 꿈도 야무졌지

어려서는 부모님과 스승의 말씀에 순종
중년에는 배우자와의 조화로운 삶
노년에는 자아 완성 자신의 세계 구축

매달 시사랑 노래사랑 함께 어울려
구로아트벨리 예술극장 무대에서 뽐내는
문학도가 된 우리가 참으로 대견타

해마다 열릴 구마루 잣절공원 시낭송회
올해는 제2회로 8월 31일 일요일 17시~19시
구마루 낭송회 대표로서 최선을 다했지

(2025. 8. 31.)

7부

병마

불가마 찜질방

우리 동네에는 불가마 찜질방이 있다
연중무휴로 24시간 녹주원석 찜질방이다
오전 10시부터 짝수로 오후 10시까지
짝수로 1일 7회 불가마가 덥혀 나온다

아래층 목욕탕에서 깨끗이 목욕하고
면으로 된 찜질복을 입고
불가마 찜질방으로 올라가 뜨거운 불맛을 본다
코로나 팬데믹으로 많이 사라진 불가마 찜질방

우리 동네는 그 어려운 시기도 잘 버티고 견뎌내
요즈음은 먼 거리 각지에서 찾아오는 사람들
주말이면 자리다툼이 일 정도이다
불가마 가까운 곳에 살면서 찜질하는 것도 행복

무릎 허리 등 각종 질병으로 고통받는 사람들
불가마 찜질로 뜨거움도 참아가면서 잘도 견딘다
온몸을 달구고 나와서 먹거리들 먹는 모습도 장관
그중에 차가운 식혜 맛은 으뜸이다

(2025. 2. 3.)

마스크

신년 들어 연일 영하 12℃를 오르내리는 추위에 외출 시
모자 달린 두꺼운 코트와 마스크 장갑 차림에 떠오
른 생각
70년 전 6·25전쟁 직후 초등학교 시절 모습이 떠오른다

누런 헌 군용 담요로 만든 몸뻬와 솜을 넣은 무명저고리
어떤 친구는 엎드리면 맨살 허리가 드러나기도 했었지
뜨개질한 양말과 장갑, 토끼털 귀마개와 털목도리 한
모습들

몹시 추워도 오재미 던지기 고무줄 뛰어넘기 놀이하던 시절
얼굴이 시리면 장갑 낀 두 손으로 얼굴을 감싸던 그 시절
요즈음 같은 마스크는 왜 만들어 쓸 줄을 몰랐을까?

코로나 시대를 거친 이후 쉽게 구해서 전 국민이 사용
하는 마스크
외출할 때 위생용뿐만 아니라 방한용으로도 참 소중한
필수품
천지개벽 거친 현대를 사는 지금은 얼마나 행복한가!

(2025. 1. 13.)

망중한忙中閑

새벽부터 서둘러
혈관외과 진료를 거쳐
신장 투석실에 지아비를 눕혀 놓고
병원 부속 공원 키 큰 나무숲 그늘에
안락한 장소를 호젓이 찾았다

9월이 가까이 온다고
맴맴맴! 매미들 합창으로
여기저기서 악을 쓴다
나무숲 그늘막에서
생의 마지막 잔치를 벌이려는 듯하네

녹음 짙은 병원의 작은 방목 공원에서
아낙은 하루 중 가장 여유롭게
신선한 공기에 온몸을 내맡기고
그네를 흔들대며
풍요로운 시간을 즐긴다

아무도 찾지 않는 이 쾌적한 장소에서
우선 맨발이 되니 가뿐한 몸
그네 타고 흔들흔들

맴맴맴 매미들 요란한
합창만이 내 귀를 찢네!

(2025. 8. 5.)

바우처 택시

서울의 기본 택시 요금은
2*km*까지 4,800원이다
가장은 신장 투석 환자로
일주일에 3~4회는 반드시
병원을 찾아야 하는 환자
교통비도 무시 못 하게 많이 든다

장거리의 병원을 오가야 하는
우리는 교통비 부담이 컸었다
이런 어려움을 몇 년 전부터
바우처 택시를 이용함으로써
어느 정도 비용을 절감하고 있다
이는 복지국가의 혜택이다

일반택시를 타면 27,000원 정도인데
바우처 택시는 3,600원이면 된다
그런데 바우처 택시는 잘 잡히지 않아
한 시간 이상 여유를 두고 부른다
예약 시간 때문에 매일매일 가슴을 졸이지
귀가할 때는 여유가 있지만 더욱 힘들다

줄 서서 기다리는 일반택시를 타면 곧바로
귀가할 수 있었지만 2만여 원을 아끼려고
더위도 무릅쓰고 오래 바우처 택시를
부르고 또다시 불러 기다리다가
오늘 귀가는 한 시간 반이나 걸려
바우처 택시를 타고 귀가하였다

(2025. 8. 11.)

목욕

혼절하고 쓰러져 중환자로 두 달간
병원 생활하다 기사회생해서
두 달 만에 귀가한 문촌 그 곁에
휠체어 밀며 그림자로 산 날짜 어언 석 달

나는 매일 하루 두 번씩 물 목욕하면서
환자를 물수건으로 더러움을 씻겨주었지
닷새만 더 있으면 발병한 지 다섯 달
오늘 비로소 목욕탕에 앉혀놓고 처음으로
머리부터 발끝까지 목욕 시켜주었네

본인은 물론 나도 마음까지 참 시원하다

(2025. 9. 17.)

초단편 시

반갑네!
저도 반가워요

초단편 시

반갑네!
저도 반가워요

반갑네

두 주일 전부터 낯선 병원에 입원
저승 문턱에서 헤매던 가장
중환자실에서 두 주일 동안
콧줄 목줄 두 다리 두 팔까지
묶여 지내다가 정신이 되돌아와서
눈을 맞추며 하는 말 첫마디
반갑네!

혼수상태로 일주일은 면회할 때마다
눈을 맞추어도 비몽사몽간이었나 보다
자식들과 형제들의 마음을 얼마나 눈물겹도록
초조히 기다리게 하던 날들이었나
오늘 비로소 완전 정신과 몸이 호전되어
누워있는 얼굴 위로 눈을 맞추니 첫마디가
반갑네!

팔십 인생은 구십 점 구십 인생은 백 점
세상이 회자하는 말에 욕심내 보았소
제발 깨어나 우리 부부 평소 소원대로
구십 수는 누리도록 부처님 가피를 베푸소서
석가탄신일 일주일 전 원각사 부처님께

백일기도와 석가탄신 기도를 올렸지
감사합니다 부처님

똑똑하게 들려준 말 한마디
반갑네!
저도 너무너무 반갑습니다

(2025. 5. 6.)

직업 간병인

백세시대라 중환자실에는 대부분 노인이다
일반병동으로 옮긴 우리 병실에는
75세 이상과 80대와 90대 노인이 들고 난다
늙어 환자가 되면 싫어도 남에게 내 몸을 맡긴다

각각 커튼으로 가려진 병실에 절반은 전문 간병인이
절반은 배우자인 부인이나 자녀가 돌보고 있는 현실
서로 주고받는 목소리만으로도 가족인지 아닌지 가
늠된다
다행히 우리는 아들딸과 내가 어린아이가 된 가장을
돌본다

내일모레 또 시간 있으면 올 테니 이 아주머니의
말 잘 들으시라고 하며 떠나가는 남의 아들 목소리 안
타깝다
부부는 무치이니 환자의 짜증을 다 받으며 최선을
다한다
그러나 직업 간병인은 남의 몸을 만지기가 어디 그리
쉬우랴

수치심을 느끼면서도 남에게 몸을 맡겨야 하는 환자

가족들이 간병하는 것이 몹시 부러울게다
간병은 가족도 힘든 일인데 남남인 환자를 돌보는
간병인의 그 노고는 그 어떤 일보다 힘든 일이라 생
각된다

(2025. 6. 14.)

정성

우리 부부 노총각 노처녀로 만나서
울근불근 55년이 그래도 행복했지
지난봄 반려자가 갑자기 혼절
병원 중환자실에 입원, 황망 중에
부처님께 백일기도를 올렸네
아들딸의 지극한 애정과 더불어
백일기도 정성이 가상했던지
두 주일 만에 정신이 든 첫마디
반갑네!
나도 반가워 어쩔 줄 몰랐네
오늘은 발병한 지 100일
문어와 갑오징어를 맛있게 먹었습니다
부처님, 하느님 고맙습니다

(2025. 8. 1.)

병간호

인간이 노년에 들면 심신이 쇠약해져서
온갖 망상과 병마가 스며드는 것은 어쩌면
당연한 인생역정의 이치가 아닐까?

중환자실 거쳐 일반병동에 누운 환자
스물네 시간 간호사의 손길에 셀 수 없이
주삿바늘로 찌르는 모습에 아픔이 내게로 전이되는 듯

온몸이 도끼에 찍힌 흔적처럼 흠집이 난 육체 거뭇거뭇
바람 빠진 고무공처럼 전혀 허릿심을 쓸 수 없어 난감
입원한 지 달포가 넘으니 간병인이 쓰러질 판이다

환자와 함께하다 보니 '긴병에 효자 없다'라는 말
실감한다, 대상포진 의심나는 피부염 발생하고
불면의 밤이 계속되니 보호자도 환자구나!

(2025. 6. 10.)

이 이빨 치아

우리 생명을 이어가는 데 가장 중요한 역할을 하는 이
이빨은 '이'를 속되게 이르는 말
치아는 '이'를 점잖게 이르는 말
성인 치아는 보통 32개인데
나는 팔십 평생을 24개의 치아로 살았다

성인이 되면 사랑니 4개가 나와서 32개라는데
나는 왜 사랑니가 안 나왔을까?
언젠가 남편한테 나는 사랑니가 없다고 말했지
그래서 당신은 사랑도 할 줄 모르잖아!
고집만 센 여자!

내 팔십 평생을 이어오는 데 제일 많이 공헌한 치아
그동안 충치 치료와 임플란트 4개로 보완해 잘 살았네
매달 가까운 치과에서 관리받아서 안심했는데
지난달부터 왼쪽 어금니가 몹시 시렸다
예약된 오늘까지 기다려 오전에 치과를 찾았지

치과의사 진단 결과 왼쪽 아래 송곳니는 임플란트로
그 옆 어금니는 때웠던 금을 벗겨내고 다시 때우기
로 결정

그래서 마취하고 송곳니를 뽑았네

간호사의 주의사항을 준수하느라 점심 식사도 거
르면서

두꺼운 거즈로 계속 나오는 피를 억제하느라 애썼네

사랑할 줄 아는 남편은 벌써 30여 년 전부터 틀니 사용
인데

내 치아는 28개 중 7개만 치료하고 21개는 건전하니

오랫동안 나를 보호하느라 고생 많이 했다는 생각에

내 치아가 고맙기도 하고 자랑스럽기도 하다

10여 년 전부터 매달 내 치아를 관리해 준 치과 의료진
에 감사한다

(2025. 11. 28.)

동행

날짜 가는 줄도 모르고 사는 셈이다
새벽 5시면 일어나서
아침 준비하고 식사하고 씻고 입히고
휠체어 밀며 함께 일주일에 4일을 동행하는 길

바우처 택시가 8시 30분까지 도착하지 못할까 싶어
6시 30분부터 차를 부르면
너무 일찍 가서 한 시간 기다리고
투석실에 눕혀 놓고 4시간
그리고 마무리하는 시간 30분
그러다 바우처 택시를 부르는데
집에 오면 오후 2시 파김치가 되지

어제는 바우처 택시로 3,700원에 오던 것을
2시간을 기다려도 안 잡혀
일반택시로 오니까 29,300원이 나오더구먼!
점심 차려 먹고 나니 5시
늘어져 한숨 자야지

하루 4회 약을 시간 맞추어 챙겨주는 일이
가장 중요한데 어제 점심은 깜박했네

그러다 보니 금세 저녁 식사할 때가 되더구먼!
시간은 어느새 흘러 흘러
두 아우 생일이 훌쩍 지난 줄도 몰랐단다
늦게나마 생일 축하한다
모두 건강해라!

(2025. 9. 17.)

휠체어

우리가 어릴 때는 휠체어를 구경도 못 했지
그 시절 잘 걸을 수 없던 사람들이
얼마나 힘들게 살았을까?

이삼십 년 전부터 어쩌다 거리에서
휠체어를 만나면 신기해서 한 번 더 바라보았지
이제는 전동 휠체어를 타고 다니는 사람도 많다

우리 집 가장이 일주일에 3회 병원에
드나들기 시작하던 16년 전에는 병원에서도
휠체어를 사용하는 환자들이 그리 많지 않았다

그런데 근래에 부쩍 휠체어 환자가 많은 것은
대부분 노인이 휠체어를 많이 이용하고 있으니
의료과학의 발전으로 수명이 길어졌기 때문인가 보다

가장이 신장 투석하느라 일주일에 3회 찾아가는
신촌 세브란스병원 안내 센터에는 매일 아침
휠체어가 8시부터 80여 대나 준비되어 있다

  택시에서 내려 현관 앞에서 6층 투석실까지 이동해야 하
는데
  어느 날은 사용하려던 휠체어가 한 대도 없어서
  사용 후 되돌아오기를 한참 기다려야만 한다

  휠체어를 이용하는 환자는 대부분 부부 동행으로 보
이는데
  어쩌다 젊은 아들이나 딸로 보이는 자식의 도움을 받는
  늙은 환자의 모습을 보면 어쩐지 더 애처로워 보인다

  늙은 몸이지만 바쁜 젊은 자식들의 시간 빼앗지 않고
  환자가 된 배우자 수발하는 것도 참 다행이라는 생각
  부부는 일심동체라는 말 늙어 갈수록 더욱 실감하네

  (2024. 5. 24.)

심장박동기

우리 몸에서 제일 중요한 상징
왼쪽 가슴 속에 있는 심장
놀래거나 숨이 차면
심장 박동이 불규칙하겠지요?

그 심장이 제 역할을 못 하면
생각만 해도 끔찍합니다
그런데 세상 참 좋아졌습니다
자동차 부속품 고치듯 고쳐 사네요

우리 문촌 선생 오른쪽 가슴에 넣은
심장박동기 가는 수술 세 번째 받았어요
수명이 7년이라더니 이제는 10년 쓸 수 있대요
의료과학의 발전 하느님 감사합니다

(2025. 12. 19.)

추석날

오늘은 연중 오곡백과 가장 풍성한 추석날
어른이나 아이나 한복 곱게 차려입고
선조께 차례 지내고 맛난 송편 나누어 먹는 날
이런 행사는 과거 추억으로만 간직해야만 할까?

젊은 날의 세월 다 소진하고 인생 끝자락에 서보니
우리 세대는 모두 힘없고 병든 백발노인뿐이로세
팔팔한 자식들 세상에 옛 전통과 관습은 그림의 떡
그 아름답던 풍경은 이제는 옛이야기

추석 전날 철원 비무장지대 안에 누워계신 부모님 묘비 앞에
거동이 불편한 지아비 대신 형님 내외분 모시고
자식과 꿇어 엎드려 성묘만 하고 돌아왔네
오늘도 목숨 부지하기 위해 바우처 택시를 부른다

새벽부터 서둘러 필사적인 노력으로 병원에 도착 안심이다
맏동서와 지아비 신장 투석 중, 시숙은 동두천 병원에서
나는 일산 병원 휴게실에서 각각 네다섯 시간 기다리며
무료함을 달래고 있는 간병인이다

(2025. 10. 6.)

축복 선물

우리 집 대장이 중환자실에서
열이레째 되는 날 비는 오는데
오전에 도착한 귀한 선물

지난 4월 20일 안성 전시회에서
참 좋은 작품 마음에 든다는
말 한마디만 남겼을 뿐인데…

이승과 저승을 오락가락하던 가장
오늘 일반실로 옮겨 건강 회복하라는
격려와 축복의 선물인가 보다

오랜 세월 서로 마음 나누는 지기
고맙습니다 보내주신 산수화 한 점이
우리 대장 꼭 일으켜 세울 것입니다
평화 사랑 행복을 안겨주는 선물

(2025. 5. 9.)

8부

천상

부고 하나

모두가 추워서 설설 기는 섣달 보름날
어릴 때 망나니 개구쟁이로 이름 높던
함께 자라던 먼 일가 동생의 아낙이
사망했다는 부고가 바람에 실려 날아왔다

큰 동네 한가운데 있는 우리 고향 집과
붙어있는 바로 옆집에 살던 동생의 아낙은
위아래 없이 떵떵거리며 위세 부리던 남편을
어찌 순한 양처럼 길들이며 살았을까?

사랑 흠뻑 받으며 자랐다는 무남독녀
그 억센 성격을 어찌 순화시켰을까
아들 삼 형제 양육하면서 산 생애
3년 반 동안 남편의 병간호 극진히 받았다네

언제나 살가운 미소 머금고 인사하던 그녀
맏아들 편에 저승길 노자 조의금을 보내오니
이제 남편은 자식들에게 맡기고 잘 가시오
인생무상, 나의 인생도 끝자락이라오

(2024. 12. 18.)

부고 둘

나에게는 고향 남자친구 셋이 있다
60년 전 20세 이쁜 처녀였던 나
대학에 입학하고 보니 120명 중
여학생은 40명 남학생은 80명이었지

나라 전체가 빈곤해서 대부분 대학 진학이
어렵던 시절이라 남학생은 군대를 다녀와서
학비 부담이 적은 교육대학을 택해서였던지
우리 또래보다 4~5세 연상은 보통이고
두 명은 일곱 살이나 더 많아서 아저씨 같았다

세월이 반세기 이상 많이 흐르고 노년에 들자
서로 연락하지 않던 그 아저씨들이 친구로 다가왔다
2년 연상 3년 연상 7년 연상이 이젠 평준화된 벗들
몇 년 전에 개설된 카톡방, 내 남자친구 셋

남보다 열심히 산 교육자 부부 교사 박 교장 89세
고향에서 유유자적 서예 등 취미생활과 사회봉사
몇 년 전 고향을 찾는 나를 조치원까지 자동차로 마
중 나와

청주 시내로 들어가면서 학창 시절 옛이야기로 꽃을
피웠네

초등학교 교사 중등학교 음악교사 동요작곡가 수필가
2년 연상 친구, 10년간 신장 투석하면서 가장 열심히
우리 카톡방을 빛내주더니 엊그제 갑작스러운 부고
하느님의 부르심에 승천했다니 그저 먹먹한 심정이네
한국교육자대상 스승상 수상까지 모범생으로 사신
고 류웅렬 장로님 하늘의 영광 담뿍 받으소서

(2025. 4. 8.)

부고 셋

나에겐 사촌 다섯 형제
고종사촌 다섯 남매
외사촌 세 남매
내 형제 네 남매로
모두 가까운 형제가 열일곱이다
그중 다 살아 있는데 큰 고종사촌이
40년 전에 먼저 저세상 가더니
그녀 피붙이가 어제저녁 또 하늘나라 갔단다

고모님도 구십 수를 하셨는데
세상에 없는 아들 났다고 귀히 키웠는데
고모님 애간장 다 녹이더니
제 목숨 하나도 제대로 건사 못하고
남 먼저 예순네 해 겨우 넘기고 가는구나!
오호라 십여 년 전에 먼저 하늘나라 오르신 고모님
유별난 자식 사랑 좋은 자리 선점하시고
애지중지하시던 맏딸과 독자를 남 먼저 부르셨나 보다

남 먼저 하늘나라로 오르는 고종사촌 동생아!
그동안 얼마나 외로웠니?
그래도 그대를 일찍 보내는 아린 마음일

망자 형제와 슬하에 남겨진 자손의 슬픔에
이 외사촌 누나가 이 세상에 남겨진 그들을 위로하며
하늘나라에서는 영원히 그대의 행복한 안식을 비노라

2025년 6월 17일
외사촌 누나 소정 민문자

부고 넷

고 이권진 형님!
아메리칸드림을 꿈꾸며 미국으로 가신 후
장수하시며 행복을 누리시는 줄 알았는데
오늘 아침 갑자기 형님의 부고를 받잡고
가슴이 무너졌습니다
저희 집안의 큰 대들보가 사라진다는 생각에
저희 부부 어찌할 바를 모르겠습니다
권진 형님!
하늘나라에서 영원한 안식을 누리시옵소서

고천혜 형수님을 비롯하여
장연이, 찬우의 슬픔이 오죽하겠습니까?
이국땅에서 큰일을 당하셨는데도
저희는 형님 유족을 위로할 방법을 찾을 수가 없습니다
현대사회가 100세 시대라고 하면서
80대에 저세상 가면 인생 90점,
90대에 가면 인생 100점이라는 말이 있습니다
큰형님은 100점 인생을 사시고 가신다고 생각하고
위로받으시기를 바랍니다
부디 장례 잘 모시고 내년 따뜻한 봄날에
형수님 고국 방문하여 얼굴 한번 보여주세요

큰형수님 만수무강을 비옵니다

2025년 12월 10일
덕영과 처 소정 올림

부고 다섯

2025년 12월 31일 12시 49분 내 님 85세 영면
내 손으로 부고를 보낼 줄은 몰랐네
장례지도사의 친절한 안내로 장례를 잘 모시고
엄숙한 조문을 많이 받았다

자식으로부터
"세상 잘 사셨네요"라는 말을 들었다
세상 부끄럽지 않게 살려고 노력했었지
여러분, 고맙습니다

1월 11일 평리 조병무 문학평론가 향년 88세 영면
1월 18일 김원규 실버넷뉴스 기자 78세 영면
1월 24일 장영규 시인 나라사랑문학회 회원 83세 영면
2월 2일 유승우 한국현대시인협회 평의원 87세 영면

이번 겨울은 유난히 부고가 많이 날아들었네
글쟁이 선생님들 하늘나라에서 모두 만나실까?
다섯 영혼 모두 인생 100점 못 받고 떠나셨네
못다 이룬 꿈 하늘나라에서 모두 모두 펼치소서

(2026. 2. 5.)

부고 여섯

윤재천 전 중앙대 교수 2026년 2월 12일 향년 93세
로 별세
　현대수필 창간, 국제펜클럽 한국본부장
　다년간 한국수필학회장 등을 역임한 수필학계의 거목
　열 살 아래 내 동생의 수필학 스승이다
　인생도 100점 받으셨으니 천국에서 천복을 누리소서
　아직 나는 상중이나 존경하는 마음으로 문상하고 왔네

(2026. 2. 13.)

90점 인생

문촌 눈감은 지 한 주일이 되어
오늘 원각사에 올라가 49재 중
초재를 지내고 내려왔어요

2025년 12월 31일 12시 49분에
눈을 감고 숨을 멈추어서
2026년 1월 2일 발인했네요

짧은 인생 그래도 100점 인생을
고대했는데 90점밖에 얻지 못하고
아쉽게 하늘나라로 보내고 말았어요

5년만 더 살아달라고 그리 빌었는데
슬며시 떠나버렸네요
인생 100점 받기 그리 어려운가요?

(2026. 1. 6.)

황룡금 동양란 향기

내 님이 영영 눈 감았을 때도
이상하게 눈물이 안 나왔다
눈물도 늙었는지 가슴만 벙벙했었지
님 가신 지 보름이 되었다
혼자 있으니 두 끼 또는 한 끼도 족하다
늘 바쁘던 시간이 여유롭다

내 님과 애지중지 기르던 동양란
해마다 이때쯤 그 향기에 흠뻑 취했었지
내 님 오랜 병고에 점점 수척해지던 어느 날
베란다에 서 있던 그 동양란이 넘어져 깨졌다
아빠와 생명을 함께하는 동양란이니
딸에게 화분갈이 해서 잘 길러보라 했었다

오늘 불현듯 그 동양란이 생각나서
딸에게 전화해 사진을 찍어 보내라 했더니
내 님 가실 즈음에 아주 말라 죽었단다
세상에 17년을 함께 동고동락했는데…
향기로운 냄새 아직도 코끝을 스치는 듯한데
둘이 서로 다투어 그 심쿵한 향기를 탐했는데
나도 모르게 펑펑 눈물이 쏟아졌다

아! 내 님이 정녕 가신 걸 비로소 알겠다

2009년 1월 어느 날 애국심 많고 올곧은 심성의
1936년생 박용호 시인이 내 님 입원한 병실로 가져온
코리아문학 대표 최무송 의사 시인이 보내주신 화분이
었는데
우리 집 베란다에서 거실에서
만 17년 참 오래도록 함께 살았다
발인 때까지는 그래도 아주 미약하게나마 살아있었는데
완전히 죽은 건 지난주라는 딸의 말!
그 기분 좋은 향기로 거실을 가득 채워 주던 화분이
넘어져 깨질 때 기분이 언짢더니만 두 생명줄이 꼭 같았다

보름 전 잠자듯 고요히 감은 님의 눈을 바라보는데
2025년 12월 31일 12시 49분 운명하셨다고
의사 최종 선언에도 눈물이 나오지 않았는데 오늘은
집안이 들썩거리도록 혼자 엉엉 소리 내서 울었다
아! 참 최무송 시인님도 10여 년 전에 하늘나라 가셨지
하늘나라 문 앞에서 고 최무송 시인의 안내 도움받겠네
박용호 시인은 아직도 건강하시다고 소식도 전하면서
우리 님 황룡금 향기 대동하고 참 고마웠다고 인사하시
겠네!

(2026. 1. 16.)

동양란의 향기

우리 집에 산천보세 한란꽃이 피었네요
문촌 선생이 신장 투석 준비를 위해
2009년 1월 2일 세브란스병원에 입원했을 때
의사 시인이 문병차 보내온 동양란
이제 16년이나 환자의 마음을 위로하며
함께 살아 이어온 신비로운 생명력

원예에 바보인 소정이 우리 집 베란다에
모여든 열아홉 화분을 보살피는 중에
가장 신경 쓰이던 화분 싱싱하고 풍성하던 자태
잎과 줄기 자꾸만 줄어 아슬아슬하게 살아남더니
오늘 아침엔 두 송이 꽃향기 향그럽게 풍기는구나
이미 오래전에 세상 떠난 분 그 시인님 생각나네

동양란 너도 늙어 이제 초라한 모습 가엾구나
네 향기를 탐하는 문촌 선생과 끝까지 동행해주렴!

(2025. 2. 12.)

이별 준비

갑작스럽게 사지가 마비되고 정신이 혼미해진 가장을
병원 중환자실에 입원시키고 일반병동으로 옮겨가며
간병인으로 생활한 날짜가 벌써 오십사 일이나 되었다
그동안 아들딸과 함께 최선을 다하면서 보살핀 덕인지
예후가 좋아 다행히 오늘 집으로 모실 수 있게 되었다

병원 중환자실에서 여기저기 콧줄 목줄 늘이고
괴로워하는 환자 이별의 시간 같던 순간순간
함께 지나온 우리 55년의 세월을 뒤돌아보았네
사람으로 태어나 사람 노릇을 제대로 하려고 애쓰면서
얼마나 발버둥 치며 열심히 살아왔던가

이제야 가난의 때를 벗고 선진국에 진입한 조국의
혜택을 누리며 여유롭게 유유자적 문화예술을 공부하면서
품 넓은 선후배 제현들과 교유, 진정한 행복을 누려보
렸더니
"너희 복은 여기까지니라" 이 말씀이 하늘 소리인 듯하매
온 정성 다하여 집으로 안내하고 마지막 순간에도 의연하
리라

(2025. 6. 14.)

일출

문촌 왈
죽기 전에 동해에 가서
떠오르는 해를 바라보고
서해에 가서는 석양에 지는 해를 보고 싶다
그 아들 "예, 한번 날짜를 잡아보겠습니다"

9월 7일 일요일 새벽 1시 44분
비는 부슬부슬 내리는데
9인승 렌터카 카니발 탑승
가운데 우리 부부, 뒷좌석은 딸 부부
앞 좌석에 운전대 잡은 아들 부부
서울-양양고속도로로 동해를 향해서 달린다
우리나라 뼈대 태백산맥을
긴 터널로 가로질러 관통하면서 가는 길
태백산맥을 기점으로 영서쪽에는 주룩주룩
영동쪽 속초는 이슬비

이정표 화진포 도착 5시 28분
오른쪽 산 중턱은 김일성 별장
왼쪽은 이기붕 별장
비는 오지 않으니 참 다행이다

하늘과 바다 변화무쌍한 구름화 웅장
여명의 시간 오징어잡이 배들의 불빛도
아스라이 사라지는데 동쪽 하늘 먹구름 사이로
떠오르는 붉은 기운 햇덩이
오늘 일출 시각 5시 59분인데도
부끄러운지 얼굴을 보여주지 않네!

뒤돌아오는 길 7시가 넘어서야
검은 구름 사이로 밝게 떠오르는 태양
갑자기 가로질러 날아가는
검은 철새 떼의 장관
화진포 호수 풍경 참 아름답더라

(2025. 9. 7.)

자족自足

불행을 겪어보아야 행복을 느낄 줄 안다
모든 것이 순행 되는 평상시는 행복한 시간이다
근래 우리나라 평균수명에 다다른 노년은
가을 단풍이 비에 젖은 듯한 시간이다

청춘 시절을 반추하며 오늘에 이르러
두 다리로 설 수 있고
두 손으로 음식물 섭취하고
두 눈으로 독서할 수 있음이 행복이다

저승 문턱까지 다녀와 의식 되찾은
배우자와 마주 앉아 서로 눈 맞추면서
좋아하는 음식 반찬 서로 권하면서
밥 숟가락질하는 것이 행복이다

혼절하였다가 다시 이 세상 함께 하는 우리 부부
꼭 7개월이 되는 오늘 참 행복한 시간이다
혼절하고 의식 잃던 그날이 없었다면
오늘의 이 행복을 느낄 수 있었을까?

55년 함께한 세월 하늘이 허락한 시간까지

더 길게 행복의 시간 고무줄 늘이듯 늘여보자

(2025. 11. 25.)

천상으로 오르시는 당신

크리스마스 다음 날 55주년 결혼기념일에
오래된 포도주 한 모금씩 나누어 마시면서
"그래도 우리 행복하게 잘 살아왔다"라고 한 말씀
이것이 이심전심으로 한 고별사였던가요?
이 세상 떠나면서 하직 인사도 없이
슬며시 떠나시면 저는 어쩌란 말입니까?

당신은 세상사는 지혜를 일깨워주던 선생님
내로라하는 여러 대학에서 함께 주경야독하던 시절
평생 공부하면서 살자던 당신 그것이 행복이었어요
세상살이 이만큼 할 수 있게 이끌어준 점 늘 고마웠
어요
서울 한복판 호텔에서 첫 부부시집 출간기념회를 갖
던 일
스승 성촌께서 친히 내려주신 아호 文村과 小晶

아들딸 낳아 기르는 재미 효도 받는 재미 함께 누렸는데
이제는 어찌하나요? 그래도 우리 행복했었다고 하신 말
씀은
저에 대한 배려였겠지요? 그 배려 고맙습니다 고맙
습니다

아름답던 추억 가슴에 안고 당신 없는 세상 견뎌보겠습니다
천상으로 오르시는 당신 하늘나라로 편안히 날아가셔요
안녕히 안녕히~

(2026. 1. 1.)

일몰日沒

내 낭군 일출과 일몰을 보고 떠나고 싶다고 했지
지난해 어느 가을날 밤 자식들 거느리고
자시에 떠나 새벽에 화진포 도착
일출은 보고 왔는데 일몰은 못 보여주었다

이제 설날 사십구재도 잘 지내고
따뜻한 봄날 선영에 안치하기 전에
서해 어느 해변에서 가족들과 더불어
가장 아름다운 일몰을 보여주고 싶다

사랑이 떠난 자리

당신 언젠가는 내 곁을 떠나실 줄을 알았지만
이렇게 빨리 떠나실 줄은 몰랐어요
늘 얼굴 마주하고 둘이서 함께 밥을 먹고
함께 병원을 드나들었지만 정말 몰랐네요
당신이 두 눈 꼭 감고 말 한마디 남기지 않고
영영 일어나지 않고 가시면 저는 어쩌요?

나 몰래 하늘나라로 훨훨 날아가실 줄은 몰랐어요
아, 내 마음 하늘나라 가신 내 님 따라 흘러라

노총각 노처녀가 만나 55년을 살아온 세월
어려운 일 서럽던 일 다 물리치고 사랑한 시간
둘이서 아들딸 낳아 기르던 재미 효도받던 재미
이제는 그 알콩달콩한 재미 누구와 나누나요?
머릿속이 정리가 안 되고 손발도 게으름을 피워요
매일매일 늘 바쁘던 시간이 이제는 남아도네요

나 몰래 하늘나라로 훨훨 날아가실 줄은 몰랐어요
아, 내 마음 하늘나라 가신 내 님 따라 흘러라

(2026. 1. 21.)

이별 편지

지난해 마지막 날 서둘러
떠나신 까닭은 2026년 새해부터
당신 없이 혼자 살아보라는 뜻이었나요?
이제 시시때때로 세상 살아가는 지혜를
알려주던 당신이 안 계시니 의지가지없어
허전하고 멍한 시간만 보내게 되네요

저는 스승 같은 당신 만나 아들딸 낳고 기르며 55년간
당신이 이끄는 대로 온갖 세상 구경 잘하고 살아왔으니
원도 한도 없습니다 그저 우리 아이들 인생도 장년에
접어들었으니 제가 아이들에게 큰 짐이 안 되도록
당신처럼 세상 떠날 때 잠자듯이 떠날 수 있도록 불러
주세요
부모님들 모시고 새 세상에서도 당신과 함께하고 싶어요

오늘은 이 원각사에서 당신을 위해서
지내는 49재 마지막 날입니다
세상에서 말하는 100점 인생은 아니라도
90점 인생은 살고 가셨으니 얼마나 다행입니까?
90점 받은 성적표 들고 부모님 품으로 달려가셔요
그래도 부모님께서는

"장하다, 내 아들 어서 오너라" 하시며 품어 안으실 것
입니다

당신과 함께한 시간의 흔적들이 저에겐 참 소중합니다
당신 떠난 후 당신의 흔적을 살펴보니 젊은 날에
당신이 저를 얼마나 많이 사랑했었는지 사랑의 편지가
참 많이도 모아져 있었어요 수많은 일기장도 살펴보아
꼭 잘 정리해서 당신 유고 집을 한 권 내어놓겠습니다
세상에서 우리만 못한 사람들 도우며 살자던 당신이
남긴
부부시집 『반려자』 『꽃바람』과
우리 새 부부시집은 『사랑편지』로 할게요

이제 이곳에 대한 미련은 접으시고 그 천국의 법대로 잘
사셔요
오늘 천상으로 오르시는 당신 하늘나라로 편안히 날아
가셔요
안녕히 안녕히…

2026년 2월 17일 설날 오후에
소정 민문자 올림

나의 아버지

지난해 4월 22일 원인 모를 장 출혈로 인해 의식을 잃고 중환자실 생활이 시작되었을 때 가슴이 덜컥 내려앉았습니다. 휠체어 타고 54일간 고된 병원 생활에서 집으로 퇴원하던 6월 14일에는 기쁨보다는 걱정이 앞섰습니다. 의료진과 가족 모두의 걱정이 무색하게 아버지는 강한 의지로 당신에게 남은 6개월하고도 보름이라는 시간 동안 당신이 취할 수 있는 최선을 가족들에게 보여주셨습니다. 제가 살아가는 동안 아버지와 보낸 지난 6개월 보름의 시간은 짧지만 강렬했고 깊었습니다. 결코 잊지 못할 시간입니다.

아버지 덕분에 물질적으로 부족함 없이 학창 시절을 보냈습니다. 또한 언제나 가족이 우선이고 여행을 즐기셨던 아버지 덕분에 또래 친구들이 부러워할 정도로 여행을 많이 다녔던 기억이 이제는 더 애틋하게 가슴에 남아있습니다.

늘 자식 바라기였던 아버지, 사랑한다는 말을 아끼지 않았던 아버지, 고집 세고 못된 딸에게 늘 져주셨던 아버지, 자식들에게 그동안 고마웠다고 미안하다던 아버지, 마지막까지 자식들이 무탈하고 행복하게만 살아달라던 아버지, 당신의 반쪽 어머니를 잘 부탁한다던 아버지.

　25년 마지막 날 조용히 우리 곁을 떠나신 나의 아버지, 오늘은 아버지가 떠나신 지 49일이자 26년 새해를 시작하는 설날입니다. 이승에서의 모든 근심 걱정과 병마 남김없이 털어버리고, 병마의 고통 없는 좋은 곳에서 평안한 마음으로 지켜봐 주세요.

　나의 아버지여서 감사했고 또 감사합니다.

2026년 2월 17일
딸 경연

아버지 사랑

오늘은 아버님을 떠나보낸 지 49일이 되는 날입니다
아버님을 그리워하는 마음으로 가족과 친지들이 모여
그분의 삶과 사랑을 되새깁니다

아버님은 언제나 가족을 먼저 생각하시며
묵묵히 저희 곁을 지켜주셨습니다
어릴 적 함께 걸었던 길

저녁마다 들려주시던 이야기
힘들 때 건네주신 따뜻한 손길은
지금도 저희 마음속에 살아 있습니다

아버님께서 보여주신 성실함과 따뜻한 마음은
저희 삶의 길잡이가 되어주었고,
그 가르침은 앞으로도 저희를 지켜줄 것입니다

오늘 이 자리는 아버님을 잊지 않고
그분의 사랑과 은혜를 기억하며
그 뜻을 이어 살아가겠다는 다짐의 자리입니다

아버님, 이제는 근심 없는 곳에서 편안히 쉬시길 바랍
니다
저희는 아버님을 늘 마음에 품고 살아가겠습니다
사랑합니다, 그리고 감사합니다

2026년 2월 17일
아들 정우 올림

사랑이 빈 자리

소정 민문자 지음

발행처　　도서출판 **청어**
발행인　　이영철
영업　　　이동호
홍보　　　천성래
기획　　　육재섭
편집　　　이설빈
디자인　　이수빈 | 구유림
인쇄　　　정우인쇄

등록　　　1999년 5월 3일
　　　　　(제321-3210000251001999000063호)

1판 1쇄 발행　2026년 3월 20일

주소　　　서울특별시 서초구 남부순환로 364길 8-15 동일빌딩 2층
대표전화　02-586-0477
팩시밀리　0303-0942-0478
홈페이지　www.chungeobook.com
E-mail　　ppi20@hanmail.net

ISBN　　　979-11-6855-436-8(03810)